끄라이텅
ไกรทอง

글_ **수켓싹 완와짜**(태국어), **신옥주**(한국어), **김소연**(영어)
그림_**아시안허브 글로벌민주시민학교 이승주** 외

이 이야기는 옛날부터 어른들의 입에서 입으로 전해지는 이야기예요.
옛날에 "피찟"이란 도시의 강에 큰 소용돌이가 있었어요.
그리고 소용돌이 아래에는 커다란 악어동굴이 있었답니다.
동굴의 주인이자 우두머리 악어의 이름은 '다우람파이'였어요.

ผู้เฒ่าผู้แก่เล่าต่อๆ กันมาว่า
ที่เมืองพิจิตรมีวังน้ำวนใหญ่อยู่แห่งหนึ่ง
ครั้งหนึ่งนานมาแล้ว ภายใต้วังน้ำวนนี้ลึกลงไปมีถ้ำจระเข้ใหญ่อยู่
ถ้ำหนึ่ง
มีพญาจระเข้เป็นเจ้าถ้ำ ชื่อว่า ท้าวรำไพ

동굴 안에는 신비로운 보석이 마치 낮처럼 환한 빛을 비추고 있었어요.
이 보석은 마법의 보석이라서 동굴 안의 모든 악어를
사람으로 변하게 해주었어요.
하지만 악어들이 동굴 밖으로 나가면 보석의 마법 효능이 사라져 악어들은
본래 모습으로 되돌아갔어요.

ในถ้ำมีแก้วมณีวิเศษส่องแสงทำให้สว่างเหมือนกลางวัน
และแก้ววิเศษนี้มีฤทธิ์บันดาลให้จระเข้ตัวใดก็ตามเมื่ออยู่ในถ้ำจะ
กลายเป็นคนเหมือนมนุษย์
ต่อเมื่อออกจากถ้ำก็จะกลายเป็นจระเข้ไปตามชาติเดิม

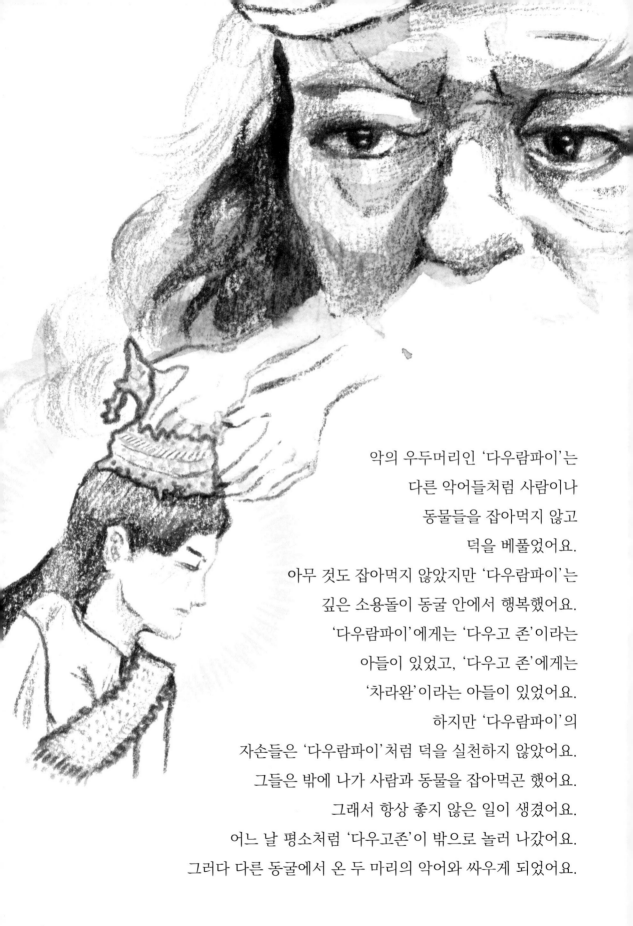

악의 우두머리인 '다우람파이'는
다른 악어들처럼 사람이나
동물들을 잡아먹지 않고
덕을 베풀었어요.
아무 것도 잡아먹지 않았지만 '다우람파이'는
깊은 소용돌이 동굴 안에서 행복했어요.
'다우람파이'에게는 '다우고 존'이라는
아들이 있었고, '다우고 존'에게는
'차라완'이라는 아들이 있었어요.
하지만 '다우람파이'의
자손들은 '다우람파이'처럼 덕을 실천하지 않았어요.
그들은 밖에 나가 사람과 동물을 잡아먹곤 했어요.
그래서 항상 좋지 않은 일이 생겼어요.
어느 날 평소처럼 '다우고존'이 밖으로 놀러 나갔어요.
그러다 다른 동굴에서 온 두 마리의 악어와 싸우게 되었어요.

세 마리의 악어가 서로 싸웠지만 승패를 가리지 못한 채
결국 모두 다 죽었어요.
'다우람파이'는 자기 대신 보석동굴을 다스리게 하려고 했던 아들을 잃었고,
손자인 '차라완'만 남게 되었어요.
세월이 아주 많이 지나 나이를 먹은 '다우람파이'는 속세를 벗어나고 싶었어요.
그래서 동굴과 부하들을 통치할 수 있는 권력을 '차라완'에게 물려 주었어요.
'다우람파이'는 덕을 베풀며 살기로 결심했어요.

ท้าวรำไพเป็นพญาจระเข้ที่มีศีลสัตย์ ไม่กินเนื้อคนและสัตว์
จำศีลภาวนาอยู่ในถ้ำวังน้ำวนเป็นปกติวิสัย ผลบุญที่ได้บำเพ็ญมาช้า
นานทำให้อิ่มเอิบอิ่มทิพย์ไม่ต้องขวนขวายเที่ยวหาอาหารแต่อย่างใด
ท้าวรำไพมีลูกชื่อ ท้าวโคจร และท้าวโคจรมีลูกชื่อว่า ชาละวัน
แต่ลูกหลานของท้าวรำไพ กลับไม่ประพฤติตัวมีศีลธรรมเหมือนท้าวรำไพ
ออกไปเที่ยวหาอาหารเนื้อคนและเนื้อสัตว์กินอยู่เนืองๆจึงมีเรื่องเดือด
เนื้อร้อนใจอยู่ไม่ขาด
อยู่มาวันหนึ่ง ท้าวโคจรออกไปเที่ยวนอกถ้ำตามเคย
เกิดไปมีเหตุทะเลาะวิวาทกับพญาจระเข้วังอื่นอีกสองตัว
พญาจระเข้ทั้งสามกัดกันไม่มีใครแพ้ใครชนะ ตายลงไปทั้งสามฝ่าย
ท้าวรำไพจึงเสียลูกที่ตั้งใจจะให้ครอบครองถ้ำแก้วแทนยังคงเหลือแต่
หลานชื่อ ชาละวัน
ครั้งเวลาล่วงผ่านไปอีกช้านาน ท้าวรำไพแก่เฒ่าชราลงเป็นอันมาก
คิดจะสละในทางโลก
จึงมอบอำนาจให้ชาละวันปกครองถ้ำและบริวารแทนตน
ส่วนท้าวรำไพนั้นมุ่งหน้าถือศีลไปแต่อย่างเดียว

그때부터 '차라완'은 부하들을 통치하는 절대 권력을 가지게 되었어요.
'차라완'은 동굴과 부하들을 마음대로 할 수 있는 권력을 얻게 되자
그 달콤함에 빠지게 되었어요.
그는 할아버지인 '다우람파이'처럼 덕을 베풀지도 않고,
사람과 동물을 잡아먹는 것을 멈추지도 않았어요.

ตั้งแต่นั้นมาชาละวันก็ได้อำนาจปกครองบริวาร สิทธิ์ขาดแต่เพียง
ผู้เดียว
เมื่อชาละวันได้เป็นใหญ่แล้วก็มีความอิ่มเอิบกำเริบฤทธิ์
ไม่ถือศีลถือธรรมเหมือนท้าวรำไพผู้ปู่ ชอบกินเนื้อคนและเนื้อสัตว์
เป็นอาหาร

게다가 '차라완'은 바람둥이라서 '위마라'라는 암컷 악어를 본처로 두고,
'르암라이완'이라는 암컷 악어를 첩으로 맞이하여 동굴에서 같이 살았어요.
그리고 제멋대로 동굴 밖으로 나가서 놀곤 했어요.

ทั้งยังเจ้าชู้ได้นางจระเข้ชื่อ วิมาลา มาเป็นเมียหลวงและนางเลื่อม
ลายวรรณเป็นเมียน้อย สมสู่อยู่ในถ้ำแก้วด้วยกัน
แต่ชอบออกไปหาความสุขตามใจภายนอกถ้ำอยู่เสมอไม่ขาด

어느 날 '차라완'은 사람을 잡아먹고 싶어졌어요. 그래서 동굴 밖으로 나가
큰 악어로 변신해 사냥감을 찾아 도시로 헤엄쳐 갔어요.

วันหนึ่งชาละวันนึกอยากกินเนื้อคนเช่นเคย
จึงออกไปนอกถ้ำกลายร่างเป็นจระเข้ใหญ่ออกเที่ยวหาเหยื่อแล้ว
ว่ายน้ำเข้าไปในเมืองพิจิตร

‘차라완’이 “피찟”의 어떤 부잣집 앞에 가까이 갔을 때, ‘따파우텅’과 ‘따파우깨우’라는 부잣집의 두 딸이 보모와 수영을 하고 있었어요. 바람둥이 ‘차라완’은 아름다운 미녀들을 보고 신부로 맞이하고 싶어졌어요. 그래서 망설이지 않고 들어가서 ‘따파우텅’을 입에 물고 자신의 보석 동굴로 데리고 갔어요.

‘차라완’은 보석동굴에 도착하자마자 큰 악어에서 사람으로 변하여 ‘따파우텅’과 같이 살게 되었어요. ‘따파우텅’은 다른 인종과 함께 사는 것이 좋지 않았지만 어떻게 해야 할지 몰랐어요. 왜냐하면 이미 ‘차라완’의 마법에 걸려 보석동굴에서 도망갈 방법이 없었기 때문이에요.

날마다 본처 ‘위마라’와 첩 ‘르암라이완’이 ‘따파우텅’을 무례한 말로 괴롭혔어요. ‘따파우텅’은 이것을 전생에 자신이 지은 죄 때문이라고 생각하며 체념할 수밖에 없었어요.

พอมาถึงท่าน้ำหน้าบ้านเศรษฐีใหญ่ พอดีเป็นเวลาเดียวกันกับที่ลูกสาวเศรษฐีทั้งสองคน ชื่อตะเภาทอง กับ ตะเภาแก้ว กำลังเล่นน้ำอยู่กับนางพี่เลี้ยง

ชาละวันเห็นหญิงรูปงามเข้าเช่นนั้นก็นึกรัก อยากได้ตามวิสัยเจ้าชู้ จึงตรงเข้าคาบนางตะเภาทอง พาหนีไปยังถ้ำแก้วของตน

เมื่อถึงถ้ำแก้วแล้วก็จะกลายร่างจากจระเข้ใหญ่เป็นมนุษย์สมสู่อยู่ด้วยกันกับนางตะเภาทอง

แม้นางจะมิเต็มใจสมสู่ต่างพงศ์ต่างพันธุ์ก็ไม่รู้จะทำประการใดได้ เพราะว่าตกอยู่ในกำมือของชาละวันและถูกมนต์สะกดไว้ไม่มีทางไหนจะเอาตัวรอดไปจากถ้ำแก้วของชาละวันได้เลย

ไหนนางวิมาลากับเลื่อมลายวรรณจะรุมกันรุกรานด่าว่าด้วยคำหยาบคายให้เจ็บใจอยู่ทุกวัน

ได้แต่นึกทอดอาลัยสุดแต่บุญกรรมจะนำให้เป็นไป

한편 '따파우텅'의 아버지는
큰 악어가 자신의 딸을 데리고
도망갔다는 소문을 듣고
깊은 슬픔에 젖어 살았어요.

ฝ่ายเศรษฐีบิดานางตะเภาทอง
นั้น ตั้งแต่ลูกสาวถูกจระเข้ใหญ่
คาบไปก็ร้อนใจนัก

어느 날 점쟁이를 찾아가 물어보니, "딸이 아직 살아있으니 초능력이 있는 사람을 찾는다면 딸을 악어동굴에서 구해 나올 수 있을 것이요."라고 말해주었어요. 그래서 아버지는 만약 어떤 영웅이 나타나 '따파우텅'을 구해 준다면 '따파깨우'를 아내로 주고 자신이 가지고 있는 재산의 절반도 주겠다고 모든 사람에게 널리 알렸어요.

한편 "논타부리"지역에는 '끄라이텅'이라는 한 사나이가 있었어요. '끄라이텅'은 스승님으로부터 마법을 배워서 물을 뜨겁게 하고, 투명인간이 될 수 있는 능력이 있었어요. 어느 날 '끄라이텅'은 무역을 하러 "피찟"에 갔다가 '따파우텅'에 대한 소문을 듣게 되었어요. '끄라이텅'은 자신이 '타파우텅'을 구할 수 있다고 생각하고 지원을 하였어요. 하지만 먼저 "논타부리"에 내려가서 자신의 스승님께 이 사실을 알려드려야 했어요. 고향에 내려간 '끄라이텅'은 스승님께 '따파우텅'을 데리고 올 방법에 대해 여쭈어 보았어요.

เที่ยวหาหมอจับยามดูก็รู้ว่าลูกยังไม่ตายแต่จะต้องหาผู้ที่มีวิชาอาคมลง
ไปกู้เอาตัวมาจากวังของจระเข้
เศรษฐีจึงให้ตีฆ้องร้องป่าวประกาศ ถ้าผู้ใดมีวิชาลงไปเอาตัวนางตะเภา
ทองมาได้จะยกนางตะเภาแก้วให้และจะยกสมบัติให้กึ่งหนึ่งอีกด้วย
ยังมีชายหนุ่มคนหนึ่ง ชื่อว่า ไกรทอง เป็นชาวเมืองนนทบุรี
ไกรทองเป็นคนมีวิชาดี ได้เล่าเรียนกับอาจารย์คง จนมีวิชาความรู้ความ
สามารถอาจหาญระเบิดน้ำ ล่องหนหายตัวได้
วันหนึ่งไกรทองขึ้นไปค้าขายถึงเมืองพิจิตร ได้ยินคำป่าวประกาศนึก
อยากใคร่ลองดี จึงรับอาสาว่าจะลงไปเอาตัวนางตะเภาทองมาให้ได้
แต่จะขอลงไปบอกกล่าวอาจารย์ของตนที่เมืองนนทบุรีให้รู้เรื่องเสียก่อน
เมื่อไกรทองลงไปแจ้งข่าวว่าขอขันอาสาลงไปหานางตะเภาทองให้
อาจารย์คงทราบ

'끄라이텅'의 스승은 점을 쳐서 모든 일을 파악한 후,
'끄라이텅'이 '따파우텅'을 데려오는 일이 성공할 것이라고 예지했어요.
'끄라이텅'이 성공할 수 있게 도와주려고
폭발하는 양초 그리고 그리고 신비로운 검과 창을 주었어요.
'끄라이텅'은 여러 신비로운 물건들을 받고 나서 "피찟"에 올라갔어요.
한편 차라완은 '따파우텅'을 데려와 모두 세 명의 아내와 같이 살고 있었어요.

อาจารย์คงจึงจับยามดูก็รู้เหตุเป็นมาทุกอย่าง และรู้ว่าไกรทองจะ
ทำการนี้ได้สำเร็จ
คิดจะช่วยไกรทองให้ขันอาสาได้ดังใจหมายจึงมอบเทียนระเบิดน้ำ
มีดหมอและหอกสัตตโลหะลงอาคมให้แก่ไกรทองไปใช้ป้องกันตัว
ไกรทองได้ของดีทั้งหลายแล้วก็เดินทางไปยังเมืองพิจิตรทันที
ฝ่ายข้างชาละวัน ตั้งแต่ได้นางตะเภาทองเป็นเมียแล้ว ก็มีความสุข
อยู่กับเมียทั้งสามจนถึงวันได้ฤกษ์ที่ไกรทองอาสา

'끄라이텅'이 내려오기 전날 밤, '차라완'은 '위마라'와 같이
동굴에서 자고 있었어요.
'차라완'은 직감적으로 자신의 보석동굴에 불이 나는 꿈을 꾸었어요.
꿈속에서 한 천신이 검을 들고 와서 '차라완'의 머리를 잘랐어요.
깊은 밤, '차라완'은 놀라서 벌떡 일어나
'위마라'를 깨워 꿈에 대해 얘기해 주었어요.
'위마라'는 듣고 깜짝 놀라며,
이것은 예지몽이라며 '다우람파이'에게 찾아가 도움을 청하라고 조언했어요.

ในคืนนั้น ชาละวันนอนอยู่กับนางวิมาลาในถ้ำ
เกิดลางสังหรณ์เนื่องแต่จะหมดอายุ เป็นเหตุให้ฝันไปว่า
ไฟไหม้ถ้ำทิพย์ที่ตนอยู่
และปรากฏเทวดาองค์หนึ่งถือพระขรรค์มาตัดหัวของชาละ
วันขาดกระเด็นไป
ชาละวันสะดุ้งตื่นขึ้นมากลางดึกรีบปลุกนางวิมาลาขึ้นแล้ว
เล่าความฝันให้ฟัง
นางวิมาลาได้ฟังแล้วตื่นตระหนกตกใจว่าเป็นฝันร้ายจึง
แนะนำให้ไปหาท้าวรำไพช่วยแก้ฝันให้

'다우람파이'는 '차라완'의 꿈이 정말로 죽음을 나타내는 심각한 예지몽이라고 하며 죽음을 피할 수 있는 방법을 알려주었어요. 그것은 7일 동안 동굴 밖으로 나가지 않는 것 뿐이었어요. 만약 덕을 베풀며 동굴 안에 있는다면 살 수 있을 테지만, 이것을 어기면 '차라완'은 분명히 죽을 운명이었어요.

두려워진 '차라완'은 할아버지의 조언을 따르겠다고 말했어요. 할아버지의 말씀을 따르기 위해 '차라완'은 시종들한테 돌을 가져와 자신이 살고 있는 동굴 출입구를 막으라고 지시했어요. 뿐만 아니라 낯선 사람이 자신의 구역에 침입하지 못하도록 경비를 철저하게 세웠어요.

한편 '끄라이텅'은 강물의 한가운데 뗏목을 띄우고 '차라완'이 올라오게 하기 위해 3일 동안 물이 계속 뜨거워지는 주문을 걸었어요. '끄라이텅'이 건 주문의 효능으로 '차라완'과 시종들은 괴로워졌어요. '끄라이텅'이 3일째 강 위에서 주문을 걸자 '차라완'은 불에 타는 듯한 뜨거움으로 견딜 수 없게 되었어요.

ท้าวรำไพพิจารณาความฝันของชาละวันแล้ว ก็รู้ว่าร้ายนักจะ ถึงฆาตเสียชีวิต มีอยู่ก็แต่จะแก้หนักเป็นเบา จึงว่าภายในเจ็ดวันนี้ ชาละวันอย่าได้ไปไหนอย่าออกนอกถ้ำเลยเป็นอันขาด ให้จำศีล ภาวนาช่วยตัวให้เคราะห์ร้ายคลายลงหากฝ่าฝืนไปแล้วจะต้องตา ยอย่างแน่นอน

ชาละวันได้ฟังดังนั้นก็ตกใจกลัวยิ่งนัก รับว่าจะทำตามที่ปู่บอกทุก ประการ และเพื่อว่าจะเป็นการกำชับกำชาตัวเองไม่ให้ฝ่าฝืนคำ ท้าวรำไพอีกชั้นหนึ่ง ชาละวันจึงสั่งจระเข้บริวารให้ช่วยกันขนหิน มาปิดปากถ้ำที่ตนอยู่ให้หนาแน่น แล้วตั้งเวรยามให้ระวังรักษา อย่าให้ใครแปลกปลอมล่วงล้ำเข้ามาในบริเวณของตนเป็นอันขาด

ฝ่ายไกรทองลงแพหยวกลอยลำทำพิธีอยู่กลางน้ำ นั่งบริกรรมร่ายมนต์
คาถาสามวันสามคืนเรียกชาละวันให้ขึ้นมา ด้วยแรงฤทธิ์คาถาของ
ไกรทองทำให้ชาละวันและบริวารทั้งหลายอยู่ไม่เป็นสุข ตัวชาละวัน
เองนั้นร้อนยิ่งกว่าผู้ใด พอตกวันที่สามทนอำนาจมนต์ที่เรียกอยู่เหนือ
ผิวน้ำไม่ได้ ให้ร้อนรนกระวนกระวายเหมือนไฟลน

'차라완'은 결국 뜨거움을 참지 못해 '다우람파이'의 경고를 다 잊고 말았어요.

그리고 동굴 출입문을 막고 있는 돌을 깨부수고 밖으로 뛰쳐나갔어요.

부하들은 '차라완'을 막을 수 없었어요.

'차라완'은 곧바로 '끄라이텅'이 주문을 걸고 있는 뗏목으로 헤엄쳐 향했어요.

'끄라이텅'과 '차라완'은 목숨을 건 싸움을 시작했어요.

'끄라이텅'은 마법과 창과 검이 있고, 싸움에도 능했어요.

그래서 '차라완'은 '끄라이텅'의 창과 검에 찔려

속수무책으로 당하고 말았어요.

지쳐버린 '차라완'은 죽을 것 같아

자신의 동굴로 도망가버렸어요.

'끄라이텅'은 포기하지 않고 마법의 주문을 외워 등불을 물 위로 띄웠어요.

등불은 곧장 '차라완'을 따라갔어요.

ครั้งถึงที่สุดก็ทนแรงมนต์อยู่ไม่ได้ ลืมคำห้ามของท้าวรำไพสิ้นทุกอย่าง

สำแดงฤทธิ์พังศิลาปิดปากถ้ำออกไป

บริวารทั้งหลายไม่อาจต้านทานขัดขวางได้ ชาละวันว่ายน้ำตรงไปยัง

แพหยวกที่ทำพิธีทันที

ไกรทองกับชาละวันเข้าต่อสู้กันหมายจะเอาชีวิตกันให้จงได้ ผลัดกันรุก

ผลัดกันรับ

ไกรทองมีคาถาอาคม มีมีดหมอ มีหอกสัตตโลหะ ทั้งยังคล่องแคล่ว

ว่องไว เชี่ยวชาญการต่อสู้

ชาละวันจึงเสียทีถูกมีดถูกหอกแทงเอาหลายแผล

บอบช้ำจนเอาตัวไม่รอด จึงรีบดำน้ำหนีกลับไปยังถ้ำของตน

ไกรทองไม่ยอมลดละ เสกกระทงใส่เครื่องพลีเสี่ยงให้ลอยตามชาละวัน

ไปเพื่อให้แจ้งว่าถ้ำอยู่ตรงไหน

둥실거리며 '차라완'을 따라가던 등불은 악어동굴 위에 멈추었어요.
'끄라이텅'은 등불을 따라가 악어동굴의 위치를 확인하고서,
폭발하는 양초에 불을 켜 던졌어요.
양초가 폭발하자 강물이 양쪽으로 갈라져 '끄라이텅'은 보석동굴에서
'차라완'을 찾으러 내려갈 수 있게 되었어요.
한편, '차라완'은 온몸에 상처를 심하게 입어 목숨을 잃을 지경에 이르렀어요.
그래서 동굴로 줄행랑쳐 돌아와 사람으로 변신했더니 온몸이 피로 젖어 있었어요.
그러자 '위마라'와 '르암라이완'이 함께 와서 치료해 주었어요.
한편, '끄라이텅'은 보석동굴로 따라와, 촛불을 들고 보석동굴의
신비로움에 취해 '위마라'의 구역으로 들어가게 되었어요.
'차라완'의 본처 '위마라'는 사람으로 변신해 있을 때는
누구도 못 따라올 정도로 너무나 아름다웠어요.

กระทงเครื่องบัตรพลีเสี่ยงทายลอยไปวนอยู่เหนือวังวนจระเข้
ไกรทองตามไปถึงตรงนั้นก็จุดเทียนหาระเบิดขึ้น
น้ำแหวกเป็นช่องเปิดให้ไกรทองตามชาละวันไปจนถึงถ้ำแก้ว
ฝ่ายชาละวันครั้นเมื่อต้องบาดเจ็บหลายแห่งแทบจะเอาชีวิตไม่รอด
ต้องหนีหัวซุกหัวซุนมาถึงถ้ำ ร่างกลายเป็นมนุษย์เลือดไหลโซมกาย
นางวิมาลาและนางเลื่อมลายวรรณก็ช่วยกันประคบประหงมเยียวยาอยู่
ไกรทองติดตามมาถึงถ้ำแก้ว ถือเทียนเที่ยวส่องชมความงามพิสดาร
ของถ้ำทิพย์ล่วงเลยเข้าไปจนถึงถ้ำชั้นในของนางวิมาลา
นางวิมาลานั้นเมื่อมีร่างกายเป็นมนุษย์มีรูปงามล้ำเลิศ นางมนุษย์ยาก
นักที่จะหางานเสมอเหมือนได้

바람둥이인 '끄라이텅'은 미녀의 모습에 반하여
나쁜 마음을 먹고 '위마라'를 괴롭혔어요.
'위마라'는 자신의 남편에게 살려달라고 외쳤어요
'차라완'은 상처로 인해 쓰러져 있다가
아내가 살려 달라고 외치는 소리를 듣고 즉시 찾으러 나갔어요.
그래서 '끄라이텅'과 다시 싸우게 되었어요.
지치고 상처를 입은 채 또 다시 '끄라이텅'의 검에 찔렸어요.

ไกรทองผู้มีสัญชาติชายเจ้าชู้ เห็นหญิงงาม
ก็นึกรัก เข้าเกี้ยวพาราสีและล่วงเกิน นางวิ
มาลาจึงร้องขึ้นให้ผัวช่วย
ชาละวันยังนอนซมอยู่ด้วยพิษบาดแผล
ได้ยินเสียงเมียร้องเรียกให้ช่วยก็รีบออกไป
ก็ได้ต่อสู้กับไกรทองอีกหนหนึ่ง ร่างกาย
เจ็บสะบักสะบอมอยู่ แล้วก็เสียทีไกรทองซ้ำ
ถูกไกรทองเอามีดหมอแทง

'끄라이텅'이 '차라완'의 눈을
성사로 [스님이 염불할 때 손에들거나 길조가 되도록 주택가에 거는(성사/법사)] 묶고 주문을 외우니
'차라완'은 힘이 없어지고 '끄라이텅'의 손에 잡히게 되었어요.
차라완은 죽기 직전 본래의 모습인 큰 악어로 변하고 말았어요.

เอาด้ายสายสิญจน์ผูกตาไว้แล้วร่ายมนต์สะกดซ้ำ ชาละวันสิ้นฤทธิ์
สิ้นกำลังตกอยู่ในอำนาจของไกรทองอย่างสิ้นเชิง
เมื่อจะตายก็กลับกลายร่างเป็นจระเข้ใหญ่ตามสัญชาติเดิมของตน

‘끄라이텅’은 보석동굴에 잡혀 있던 ‘따파우텅’을
구출하여 부자 아버지의 품에 안겨 주었어요.
그리하여 ‘끄라이텅’은 부자의 또 다른 딸인 ‘따파우깨우’를
아내로 얻게 되었고, 약속대로 부자의 재산 절반도 받았어요.

ไกรทองสิงสู่อยู่ครอบครองถ้ำแก้วของชาละวันจน
อิ่ม แล้วก็พานางตะเภาทองมาคืนให้แก่เศรษฐี
และได้นางตะเภาแก้วเป็นเมีย แล้วได้แบ่งทรัพย์
สมบัติกึ่งหนึ่งตามสัญญา

Kraithong
ไกรทอง

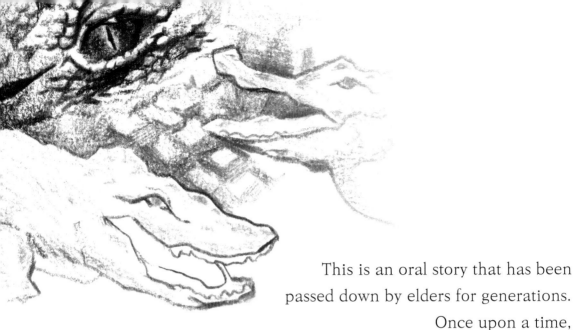

This is an oral story that has been
passed down by elders for generations.
Once upon a time,
there was a strong whirlpool
in a river that flowed by a city called Phichit
Below this old and deep whirlpool, there was a huge crocodile cave.
The owner of the cave, who was also the leader of all crocodiles,
was Dauramphai

Inside this cave was always bright as day, because it was lit up by an
amazing jewel.
This jewel also had magical powers, which would allow the
crocodiles to become humans when they entered the cave.
But when the crocodiles left the cave,
the magic of the jewel
would wear off,
and the crocodiles would
go back to their scaly form.

Now, Dauramphai was always kind to others, and he was the leader of the crocodiles that did not eat humans or other animals. While he lived in the cave under the deep whirlpool, Dauramphai was always full and content even if he did not feed on other animals. Now, Dauramphai had a son named Daugozon, and Daugozon in turn also had a son named Charawan. Unlike Dauramphai, his descendants did not live as virtuously as Dauramphai.

They went outside to feed on humans and animals. This action, in turn, always brought on grave consequences.

One day, Daugozon went outside the cave to play as he usually did. But he ran into two crocodiles from another cave and got into a fierce fight with them. The fight ended with no clear winners, as all three crocodiles died from their injuries. This tragedy left Dauramphai without an immediate heir to the magical cave, and his grandson, Charawan, was the only one left to take on the leadership after him. As more years passed, Dauramphai became a very old crocodile and started to look forward to escaping from the mundane world. So he gave up his authority over his cave and his followers, and handed everything over to Charawan. Dauramphai decided to live out his final days striving after a virtuous life. Now, Charawan had complete power over the magical cave and his subordinates. Once Charawan gained control over the cave and subordinates, he became drunk with the power that it gave him. But unlike his virtuous grandfather, Dauramphai, Charawan did not live a life of virtue, and soon began too feed on humans and other animals. Furthermore, Charawan was a womanizer, so he took two female crocodiles, Wimara as his wife and Learmriwan as his concubine, to live with him in his magical cave. And he would always venture outside the cave to play around.

One day, Charawan got the
urge to capture and eat a human.
So he left the cave, turned into
a huge crocodile, and made his
way into the city called "Phichit"
to find his prey.

Upon reaching a rich man's house in Phichit, Charawan saw the two daughters of the rich man, Daphauphung and Daphaukeo, swimming with their nannies.

The womanizer in Charawan wanted both of the lovely women as his wives.

Without any hesitation, he grabbed Daphauphung with his mouth and took her back to his magical cave.

As soon as Charawan returned to the cave, he turned into a human, and went on to live with Daphauphung.

Daphauphung did not enjoy living with the other creatures in the magical cave, but she did not know what to do.

She had already fallen under the spell of Charawan, and could not escape from the magical cave.

To make things worse, both Wimara and Learmriwan treated Daphauphung harshly and constantly harassed her.

Daphauphung could only resign herself to her fate, thinking that this was because of the many misdeeds in her previous life.

Meanwhile, the father of Daphauphung lived in grief after the huge crocodile took away his daughter.

When he went to a fortune-teller to find out the fate of his daughter, the fortune-teller told him that his daughter is still alive, and if he could find a hero with supernatural powers, he would be able to rescue his daughter from the crocodile's cave.

The rich man immediately sent word out to the four corners of the earth for a hero who could rescue his daughter, Daphauphung. He even promised to give the hero his other daughter, Daphakeo, to be his wife, along with half of all his wealth.

Meanwhile, there was a man named Kraithong who lived in the Nonthaburi Region.

Kraithong had learned many supernatural skills from his master, including how to heat up water and to turn invisible.

One day, Kraithong visited Phitchit and heard the story of Daphautung. Kraithong thought that he could rescue Daphauphung, so he took on the quest. But he had to return to Nonthaburi first, to inform his master about the quest. Back home, he asked his master about how might be able to rescue Daphautung.

Kraithong's master used his fortune-telling skills to look into the future, and realized that Kraithong's quest to rescue Daphautung would succeed.

So the master gave Kraithong an exploding candle, a magic sword and spear to help him in his quest.

Upon receiving these magical objects from his master, Kraithong returned to Phichit.

Meanwhile, Charawan was now living in his magical cave with three wives, including Daphautung.

The night before Kraithong's return to Phichit, Charawan was sleeping with Wimara in the magical cave.

Charawan had a nightmare about his magical cave being on fire.
In his nightmare, the gods of heaven came down with a sword to behead Charawan.
Charawan woke up in the middle of the night, and told Wimara about the nightmare.
Wimara was terrified once she heard the story and suggested that Charawan should go to Dauramphal and ask for his advice.

After listening to Charawan's account of his nightmare, Dauramphal realized that it was a serious premonition of his grandson's death.

Dauramphal told Charawan that the only way he could avoid this fate was for him not to leave the magical cave for the next seven days. Charawan could live only if he stayed in the cave and acted virtuously. But if he did not follow these instructions, he would surely die. Charawan was terrified and agreed to follow his grandfather's instructions.

To follow his grandfather instructions to the letter, Charawan ordered his subordinates to block the entrance of the cave with rocks.

And he even posted more guards so that no stranger would come near the cave.

Meanwhile, Kraithong sat on a raft in the middle of the river, and cast a spell that heated the water, as to draw Charawan out of the cave.

Due to the water-heating spell by Kraithong, Charawan and his subordinates suffered in the hot cave.

By the third day, Charawan could not stand the unbearable heat from Kraithong's spell any longer.

Suffering from the heat, Charawan forgot all about the advice of Dauramphal. He destroyed the rocks that blocked the cave's entrance and rushed outside.

His subordinates could not stop Charawan, and he ran straight into the raft, from which Kraithong was casting his spell.

Now, both Kraithong and Charawan began a fight to the death.

Kraithong was able to wield both magic and weapons, which made him a formidable warrior.

As a result, Charawan was helpless against Kraithong's sword and spear.

Suffering from his injuries, Charawan hurriedly
dove into the water and swam back into his cave.
Kraithong did not give up,
and floated a lamp on the water
with his magic.
The lamp led Kraithong
to where Charawan had fled.

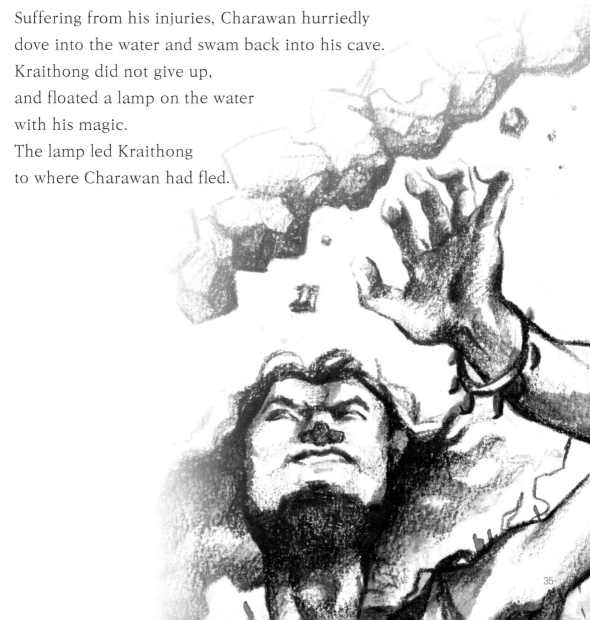

The lamp floated after Charawan and stopped above the entrance to the magical cave.

Kraithong followed the lamp to the entrance of the cave, where he lit and threw the exploding candle that his master had given him.

As the magical candle exploded, the river split into two, allowing Kraithong to go into the cave after Charawan.

Meanwhile, Charawan had deep wounds all over his body, and was about to die from his injuries.

When he swam back into the cave and turned back into a human, he was covered all over with blood.

His wives, Wimara and Learmriwan, used magic to cure him.

Meanwhile, Kraithong followed the lamp into the cave and was fascinated with the magic within the cave. While wandering inside the cave, he stumbled into Wimara in her quarters.

Now, Wimara, the wife of Charawan, was incomparably beautiful when she was in her human form.

Kraithong fell madly in love with the beautiful Wimara and started to harass her. Wimara called out to her husband for help.

Although still weak and recovering from his injuries, Charawan rushed to help when he heard his wife cry out.

So Charawan fought against Kraithong again, only to be stabbed once again by the sword of Kraithong.

As Kraithong blindfolded the eyes of Charawan and repeatedly cast his spell, Charawan completely lost his power.

Before dying, Charawan turned to his original form of a huge crocodile.

Kraithong emerged victorious from the cave of Charawan, and reunited Daphauphung with her father.

The rich man kept his word, and Kraithong received Daphaukeo, the other daughter, as his wife, and half of the rich man's wealth as was promised.

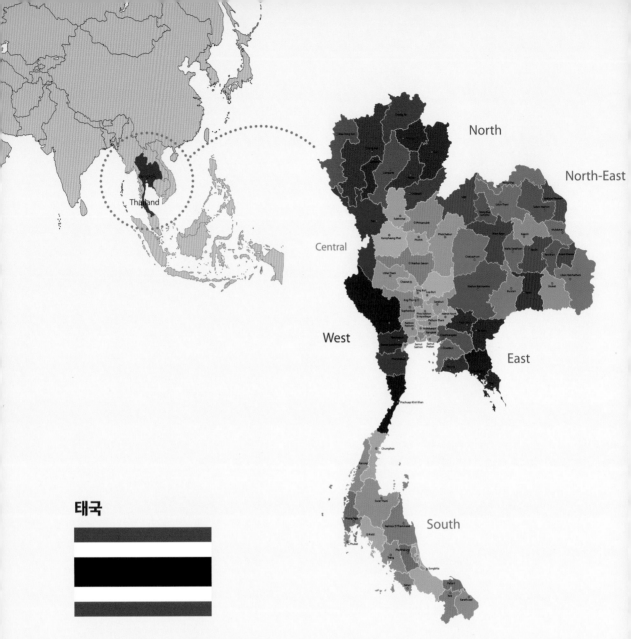

태국

- 위치 : 동남아시아 인도차이나반도 중앙
- 수도 : 방콕
- 언어 : 타이어
- 종교 : 불교(94.6%), 이슬람교, 기타
- 정치·의회 형태 : 국왕, 입헌군주제, 양원제

태국의 정식 명칭은 '타이왕국'입니다. 모든 예술 분야에서 왕국의 이미지가 물씬 풍기는데요. 건축 양식은 보통 목재로 지은 불교 사원에서 찾아볼 수 있으며, 종교적인 색채가 압도적인 미술은 인도와 스리랑카에서 전해진 전통에 바탕을 둔 것으로 보입니다. 문학가는 역사적으로 왕들에 의해 육성되었으며, 왕들 자신이 뛰어난 문학작품을 쓰기도 했습니다. 가장 초기의 문학인 수코타이 시대(13~14세기 중엽)의 작품은 주로 명각으로 남아 있으며, 당시의 생활상을 생생하게 설명해주고 있습니다.